AF305756

LE SULTAN

MISAPOUF,

ET LA PRINCESSE

GRISEMINE.

SECONDE PARTIE.

A LONDRES.

M. DCC. XLVI.

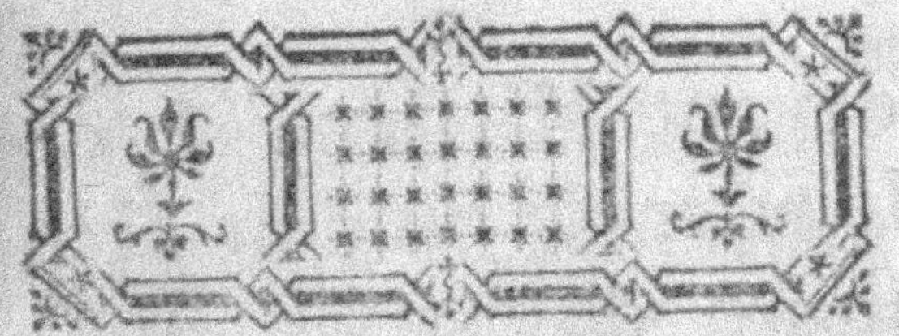

LE SULTAN
MISAPOUF,
ET LA PRINCESSE
GRISEMINE,
OU
LES METAMORPHOSES.

SECONDE PARTIE.

CONTE.

LE lendemain Gri-semine ne manqua pas de se présenter

devant Mifapouf & de le prier de lui finir l'Hiftoire de fa vie. Il la reprit en ces termes.

Nous arrivâmes bientôt au Temple ; ce fut alors que j'éprouvai l'enchantement de la dent arrachée. Elle prit tout-à-coup la forme d'un petit doigt affez confidérable. Je vois votre étonnement, dit la Fée ; c'eft par le moyen de cette métamorphofe que vous allez pénétrer dans la premiere enceinte. Ce meuble porte ici le nom d'un paſſe-par-tout. En effet , la grande porte s'ouvrit. Ce Temple étoit un fort beau vaiſſeau , compoſé de trois cein-tres ſéparés. La voute du premier étoit garnie d'u-ne grande couronne d'anneaux ; je vis plu-ſieurs Chevaliers qui tournoient autour. J'i-maginois que c'étoit une courſe de bague.

Ces anneaux , dit la Fée , font les revenus de celles à qui ils appartiennent. Remarquez que les Chevaliers qui n'ont qu'une lance de bois ou de fer, n'en attrappent aucun. Voyez-vous, au contraire, ce gros vilain Financier, il n'en manque pas un, parce qu'il a une lance d'or. Il eſt vrai, répondis-je, mais je remarque en même-tems que ces mêmes anneaux s'échappent auſſi-tôt qu'il les a touchés. C'eſt la regle, repliqua la Fée, ce ſont des commerçans qui ne

s'enrichiſſent qu'en cou-
rant.

Paſſons dans le ſe-
cond ceintre, pourſui-
vit-elle : les anneaux qui
le garniſſoient avoient
chacun un cœur placé
derriere eux. Souvent je
voyois un anneau diſpa-
roître, & le cœur demeu-
rer ſeul. Expliquez-moi,
dis-je à la Fée, ce que ſi-
gnifie cette ſéparation ?
C'eſt, répondit-elle, l'anneau d'une fille qu'on
vient de marier ; il eſt
vendu & livré, mais le

cœur reste , parce qu'il n'y a qu'elle qui peut le donner.

Vous voyez encore , pourſuivit - elle , des cœurs ſans anneaux ; ceux - là paroiſſent ſecs & flétris. Ce ſont les cœurs de ces femmes mépriſables & eſtimées , qui ont le maintien froid , l'eſprit dur & le ſang chaud ; qui ſans a- voir d'ame ont beaucoup de tempéramment : qui établiſſent leurs plaiſirs ſur la jouiſſance de l'un ,

& leur réputation fur le défaut de l'autre : comme c'eſt le caprice ſeul ou la vivacité qui attire leurs anneaux, leurs cœurs ne ſont jamais à la ſuite, & reſtent ſeuls pour faire parade d'une vertu dont il n'y a que les ſots qui ſoient les dupes.

Ah ! m'écriai-je, je ne veux point reſter dans ce ceintre-là ; je me flatte que l'anneau de ma Princeſſe n'y eſt pas. Pénétrons dans le troifiéme. Volontiers, dit la Fée, c'eſt - là que votre deſtin ſera éclairci.

Je fus très étonné de n'y voir qu'une couronne de cœurs & pas un ſeul anneau.

Voilà, dit la Fée, le Cercle des cœurs qu'on mépriſe ſans raiſon, qu'on devroit eſtimer ſouvent , & plaindre toujours. Ce ſont ces femmes qui n'ont de foibleſſe que parce qu'elles ont une ame; qui ſont trop ſincéres pour n'être

pas crédules, & trop ten-
dres pour n'être pas ai-
mées. Leurs cœurs ca-
chent leurs anneaux, on
n'a jamais le dernier que
par le moyen du pre-
mier , & c'eſt-là ce qui
fait les paſſions volup-
tueuſes & durables.

Elles reſiſtent long-
tems à l'amour qui ne
veut que leur bonheur.
Le préjugé les tient trop
en garde contre le char-
me du ſentiment ; enfin
elles s'y livrent. Elles a-
vouent leur penchant ,

& veulent reculer leur défaite, mais en vain ; car comme vous venez de le voir, quand c'eſt l'anneau ſeul qui porte la parole, le cœur peut fort bien ne pas répondre ; mais quand c'eſt le cœur qui parle , il eſt bien difficile que l'anneau ne ſe mêle pas un peu de la converſation.

Je ſentis la vérité de ce diſcours, j'en fus attendri , & dans ce même inſtant je vis un cœur qui ſe déplaçoit & qui vint fe coler contre le mien. Un anneau charmant étoit à fa fuite. Ah! dis-je avec tranfport, voilà l'anneau de ma Princeffe. Cerafin qui étoit brutal comme un Carme, fe jetta deffus; il s'en étoit déja emparé lorfque la Fée lui dit, infolent, je vais te punir de ta témérité. Elle lui donna un coup de baguette fur le nez, qui le changea auffi-tôt en un Bidet de fayance de faint Cloud; il n'y eut que fes jam-

bes dont elle lui conſer-
va l'uſage. Le Bidet Ce-
raſin s'en ſervit & galo-
pa à bride abbattue tout
autour du Temple ; les
anneaux des trois cein-
tres firent de grands é-
clats de rire, & même
j'en remarquai beau-
coup qui n'avoient pas
le rire joli. La Fée aux
Dents parut alors, & ſe
mit à cheval ſur Ceraſin
qui éternua beaucoup,
ſans que la Fée lui dît,
Dieu vous beniſſe. La
Fée Ténébreuſe ſe mon-

tra auffi-tôt & s'écria. Ah!
ma fœur, que faites-vous?
Je veux , répondit-elle ,
me vanger de Cerafin ,
& je vais le faire galo-
per dans les terres la-
bourées. Et ne voyez-
vous pas, reprit la Fée Ténébreufe , que vous ve-
nez me faire perdre mon
pouvoir fur l'anneau de
la Princeffe ? Le deftin a
déclaré qu'il fe rejoin-
droit au petit doigt de
Mifapouf, lorfque la bou-
che de Cerafin feroit fur
fes épaules. Voilà l'Ora-

cle accompli, puisque c'eſt cette bouche qui vous ſert d'anneau & qu'elle porte à plomb ſur le dos de ce vilain Bonze.

Elle n'eut pas plûtôt fini ce diſcours, que le Chevalier au nez parut & me dit, qu'enfin il étoit délivré, & qu'il alloit rejoindre ſa femme la Fée aux Bains. Mes deux petits couſins Colibri & Nini le ſuivoient, & étoient tout en nage. Grand-merci Miſapouf, s'écrierent-ils, nous allons prendre l'air ; car nous avons bien chaud.

Le Géant fut obligé d'épouser la Princesse Ne vous y fiez pas , & Cerasin est encore Bidet de la Fée , en punition du goût qu'il avoit presque toujours contraire au beau Sexe. Il a sans cesse le chagrin de voir son ennemie & de lui être soumis. Je croiois toucher à la fin de mes peines, mais il falloit remplir ma destinée & subir l'enchantement que

la Fée avoit formé con-
tre moi. Sans être atten-
dri par les larmes de ma
belle Princeſſe, ni par
mes prieres & mes ſou-
miſſions, elle me tou-
cha de ſa baguette ; je
fus transformé à l'inſtant
en liévre. Quelle dou-
leur pour un Prince cou-
rageux de ſe voir ſous
la forme de l'animal du
monde le plus poltron !
Conſequemment à mon
nouveau naturel, mon
amour s'évanouit pour
faire place à une frayeur

ex-

extrême. Je m'enfuis de toute la vîtesse dont j'étois capable, & ne m'arrêtai qu'à cinq ou six lieuës de là. Je demeurai tout le lendemain sur mes quatre pattes ; je ne sçavois pas encore me faire un gîte, mais l'instinct qui est propre à chaque espéce d'animaux, ne tarda pas à me l'apprendre. J'oubliois de vous dire que la maudite Fée, en me changeant en liévre, m'avoit coupé les deux oreilles,

II. Partie. B

ce qui augmentoit encore mon chagrin & ma honte.

En rencontrant d'autres animaux, surtout ceux de mon espéce, je croiois toujours qu'ils se moc-quoient de moi. Je me souvenois d'avoir vû des liévres sans oreilles, & je me rappellois avec dé-sespoir le changement que cela produisoit sur leur phisionomie. J'attendis le jour en faisant des réflexions aussi tri-stes qu'humiliantes ; j'en

faisois encore de plus
affligeantes sur la Prin-
cesse mon épouse : car
j'étois inquiet de sa douleur & du traitement
qu'elle recevoit. Une
heure après le lever du
Soleil, j'entendis beau-
coup de chiens qui a-
boyoient , & d'hommes
qui parloient ensemble;
je crus même distinguer
la voix de mes ennemis ;
je voulois les éviter:
mais aussi-tôt je fus é-
tourdi par ce cri, repété
cent fois, *velau, velau,*

velau ; je retournai la tête & je vis , au moins ,
cinquante chiens , dou-
ze ou quinze chevaux ,
& trois Cors-de-Chaſſe ;
ils ſonnerent la vuë , j'en
ſçavois l'air , & je le re-
connus. Je redoublai de
vîteſſe , & je ne philoſo-
phai jamais tant ſur la
folie d'ameuter un ſi
grand nombre d'hom-
mes & d'animaux après
une bête auſſi miſérable
que j'étois. Mais comme
le Géant n'étoit pas phi-
loſophe , il pourſuivoit

toujours ma philofophie à bride abbattue. Je don-nai plufieurs crochets aux chiens, je fis des dé-tours, je revins fur mes pas, je les fis tomber en défauts. A la fin, je fen-tis que mes pattes com-mençoient à perdre le jeu de leurs refforts & je vis que j'allois être for-cé : je me refugiai dans une roche creufe ; j'y at-tendis la mort avec au-tant de fermeté que les Sénateurs, de je ne fçais plus quel endroit, qui

resterent sur leurs Siéges
les bras croisés , tandis
que la ville étoit expo-
sée au meurtre & au pil-
lage. Toute la chasse ar-
riva , les Piqueurs empê-
cherent les chiens de m'é-
trangler. Le Géant & la
Fée s'avancerent : je re-
connus le char ; mais
je n'y vis point la petite
Princesse , ce qui me fit
repandre des larmes.
Mon ennemi les imputa
à la crainte. Oh ! le lâ-
che , dit-il , qui a peur
de mourir , il ne sera pas

si heureux. Ils me don-
nerent cinq ou six cro-
quignoles, ce qui me
mortifia beaucoup, &
me dirent, adieu, Mon-
sieur Misapouf, jusqu'à
demain matin. Je ne
doutai pas que le lende-
main je n'eusse une pa-
reille aubade, je cher-
chai quelque endroit é-
carté; je trouvai le creux
d'un chêne, je m'y crus
en sûreté; mais les abo-
minables chiens, con-
duits par la piste, décou-
vrirent bien-tôt ma nou-

velle habitation , & me menerent le même train que le jour précédent. En un mot , je fus couru , forcé , croquigno-lé & raillé pendant neuf jours;ensuite on me lais-sa tranquille. Je n'aime pas la solitude : ainsi , mon premier soin fut de chercher à faire des con-noissances;mais je m'ap-perçus avec chagrin que les liévres ne vivoient point en société , & que chacun restoit triste-ment dans son gîte com-

me

me un vrai Reclus : je
voulus en conter à quel-
ques hafes qui me paru-
rent d'humeur vive &
facile. Mes oreilles cou-
pées excitérent leurs ri-
res , & j'eus beaucoup
de peine à les accoutu-
mer à ma figure. Mais
je ne dois point oublier
le plus grand de mes
malheurs. Sous cette
forme nouvelle , la Fée
m'avoit , par noirceur ,
confervé mon petit
doigt tel qu'il étoit
quand j'étois homme.

II. Partie.   C

Les chofes n'ont de va-
leur que par comparai-
fon. Ce qui eft peu de
chofe pour une femme
eft un prodige pour une
jeune hafe. Auffi tous
mes tranfports furent-ils
fans effet; tous les liévres
femelles du canton vin-
rent par curiofité faire
l'effai de ce phénomène
& eurent le chagrin de
n'en pouvoir profiter.
J'étois furieux quand je
faifois reflexion à ce
nouveau rafinement de
méchanceté; mais je n'é-

tois pas à la fin de mes
malheurs. Le Géant &
son exécrable mere vin-
rent un beau matin me
trouver ; mon chagrin
m'avoit tellement ab-
battu que je ne songeai
point à les fuir: la Fée me
toucha de sa baguette,
me changea en levrier,
& me ramena dans sa
maison. Admirez, Ma-
dame , le pouvoir du
penchant naturel de cha-
que individu , & cela
prouve bien que l'hom-
me même n'est rien

moins que libre dans ses actions : un pouvoir supérieur le détermine & le fait agir. J'eus la douleur, sous cette nouvelle forme, d'étrangler en huit jours mes connoisances, mes amis & plusieurs de mes inutiles Maitresses; & de ne point voir la Princesse. J'étois fort ennuyé de cet état, on ne m'épargnoit ni les injures ni les coups. Un jour en revenant de la chasse, la Fée me changea en Renard : je vois

que votre cœur s'atten-
drit. . . . Seigneur , répondit Grifemine , il eſt
vrai que je ne puis enten-
dre ce nom-là , ſans être
vraiment touchée ; je
doute même que je vous
euſſe jamais rien accor-
dé , ſi j'avois ſçu que
vous aviez été Renard :
car enfin j'ai toujours eu
des entrailles , & je re-
gretterai toute ma vie
mes ſix pauvres enfans.
J'en conviens , Lumiere
de ma vie, dit Miſapouf,
vous devez me vouloir

un peu de mal de vous
en avoir privé ; mais en-
fin , fi j'étois Renard ,
vous étiez Lapine. D'ail-
leurs , je vous avouerai
que j'ai toujours regar-
dé le lapreau comme un
joli mangé , fur tout
dans la nouveauté , & je
me fouviens très - bien
que Meffieurs vos enfans
n'étoient pas encore
demis. Mais il eft tems
d'effuyer vos larmes &
de faire couler les mien-
nes. Le lendemain vous
fûtes bien vangée. Je ne
vous cacherai pas que

ce jour-là, je fus très content de ma chaſſe ; j'allai
dans mon terrier, je me
couchai ſans ſouper :
ſous quelque forme que
j'aie été, mon eſtomac
a toujours été foible, &
je n'ai jamais pû faire
qu'un bon repas. Je ſor-
tis de ma retraite à l'au-
be du jour ; l'aurore aux
doigts de roſe commen-
çoit à colorer les airs
d'une lumiere tendre,
& repandoit des perles
ſur la pointe des prés,
& ſur les boutons des

fleurs. J'ignorois que la naissance d'un si beau jour dût en être un si funeste pour moi. J'avois passé une nuit tranquille sans faire aucun rêve de mauvais augure , & je me promenois dans une route , en Renard , qui , si cela peut se dire , ne pense pas à malice. Mon apetit fut ouvert par le chant de plusieurs cocqs: le gibier que j'avois mangé m'avoit affrian- dé pour la volaille. Je me glissai le long d'un mur où j'apperçus dans la cour d'une Ferme deux cocqs, quatorze poules & douze dindonneaux. L'eau me vint à la bouche, & mes yeux errerent longtems incertains du choix. Enfin ils se fixerent sur une petite poulette noire, tachetée de blanc. Je me jettai au milieu de la troupe & j'emportai le morceau marqué. Comme je suis naturellement né gourmand, je ne m'apperçus point

que ma petite poule ne
fe débattoit pas & ne
jettoit aucun cri ; je ne
fongeois qu'au plaifir de
la manger. Dès que je fus
dans le fort du bois , &
que je me crus en fûreté,
j'appliquai , fans pitié ,
le coup de la dent meur-
triere . . . . Ah ! j'en
friffonne encore . . . . Et
mes fanglots interrom-
pent mon récit : le fang
n'eut pas plûtôt coulé ,
que j'entendis une voix
douce & toujours pré-
fente à mon cœur , qui

dit. Ah ! je me meurs.
La Fée Ténébreuse est
bien vangée. Hélas! mon
cher Misapouf, puisses-
tu ignorer que ta tendre
& fidelle épouse est de-
vorée par un malheu-
reux Renard. A ces mots
funestes tous mes sens
se glacerent, je laissai
tomber de ma gueule
ensanglantée mon in-
nocente proye : je vis
alors, je vis la poule
perdre sa forme & re-
prendre la figure de ma
chere Princesse. Le sang

fortoit à gros bouillons de fa gorge d'albâtre, je m'évanouis à ce fpecta-cle affreux. Je ne revins à moi que par un coup de baguette de la Fée, & je me retrouvai fous les traits de l'Amant le plus coupable & le plus à plaindre. Ah ! Ciel, s'é-cria la Princeffe, je meurs de la dent de Mifapouf... Elle me ferra la main & ferma les yeux pour jamais.

Me voilà contente, dit la Fée Ténébreufe,

tu as rempli ton fort. Je
fortis de mon caracte-
re de douceur & lui dis
mille injures ; mais elle
me rit au nez , & s'en-
vola dans fon char. Ac-
cablé de défefpoir &
n'ayant plus rien de
mieux à faire que d'ê-
tre Sultan, je revins chez
mon pere : je le trouvai
expirant , je fus déclaré
fon Succeffeur. Le poids
de ma Couronne ne di-
minue point celui de
mon chagrin : j'ai étran-
glé mes amis , j'ai man-

gé votre famille , j'ai fait
mourir ma Maitreſſe ; je
ne puis maintenant a-
voir d'autre plaiſir que
celui de vous en pro-
curer. Puiſſai-je ſou-
vent, dans vos bras , é-
tourdir vos douleurs &
les miennes , expier mes
crimes , vous traiter en
Sultane comme j'ai trai-
té vos enfans en la-
preaux , & attendre pa-
tiemment le moment
où je dois devenir Ca-
pucin , ſans jamais ceſſer
d'être un ſaint Muſul-
man !

Le Sultan Misapouf
finit ainsi son Histoire, en
poussant un soupir très
considerable , & en lor-
gnant Grisemine , d'une
façon tout-à-fait tou-
chante. Grisemine après
y avoir répondu par un
demi-sourire & un re-
gard tendre , lui tint ce
discours. Seigneur, votre
Histoire m'a interressée ;
mais je m'attendois tou-
jours que vous me re-
parleriez de la Fée aux
Bains , du Chevalier au
Nez , du Roi Sauvage ,

de la Reine son épou-
se & de la Princesse Ne
vous y fiez pas, leur fille.
Et pourquoi vous ima-
giniez-vous tous cela ,
répondit Misapouf? Voi-
là une belle idée , vous
me croyez donc bien
babillard ? Non , Sei-
gneur , repliqua la Sul-
tane ; mais Votre Subli-
me & toujours Victo-
rieuse Majesté , doit sçavoir que la premiere re-
gle d'un récit est à la
fin de rendre compte de
tous les personnages in-
ter-

tervenus pendant le cours de la narration. Comment diable , reprit poliment Misapouf, voulez-vous que je vous rende compte de tous ces gens-là , puisque je ne les ai point revus ? Faut-il pour la regularité de mon Histoire que je leur envoye exprès un Ambassadeur pour m'informer de l'état de leur santé , & leur demander la suite de leurs Histoires ? Je crois qu'ils sont à présent ce qu'ils é-

II. Partie.   D

toient alors. La Fée aux
Bains , une criarde , que
son Chevalier a rejoint ,
& qu'elle doit sans dou-
te mener par le nez : le
Roi Sauvage , un bon-
homme qui sçait dire
une brusquerie , & ne
sçait pas soutenir une
opinion. La Reine son
Epouse , une jolie fem-
me ; mais trop comme-
re ; & la Princesse leur
fille , une attrappé ni-
gauds. Voilà tout ce que
j'en puis dire.

Seigneur , dit la Sul-
tane , je puis vous don-

ner de plus grands é-
claircissemens sur ce qui
les regarde. Je vous en
dispense, répondit Misa-
pouf. Puisque vous êtes
si peu curieux , répli-
qua Grismine , je ne
vous apprendrai point
que la Fée Ténébreuse
s'est fait faire un man-
chon avec la peau que
vous aviez étant Re-
nard. Comment donc ,
dit le Sultan , cela doit
lui faire un beau man-
chon ; car je me sou-
viens que j'avois une

peau fort argentée , &
je commence à croire
que c'eſt par avarice
qu'elle m'a fait redeve-
nir homme. Eh ! de qui
tenez-vous cette nou-
velle-là ? C'eſt de la Fée
aux Bains, répondit Gri-
femine.....Ah ! ah , c'eſt-
à-dire que vous avez été
chez elle , dit le Sultan ,
& par quel hazard ? Je
m'imagine que ſa mai-
ſon doit être très humi-
de. Seigneur , répliqua
la Sultane , ſi vous vou-
lez ſçavoir mon Hiſtoi-

re, il faut que votre il-
lustre Majesté m'accor-
de un moment d'au-
diance. Très volontiers,
répondit le Sultan ; si
elle est trop longue, je
pourrai bien m'endor-
mir ; mais ce n'est pas
un grand malheur.
Commencez donc, Ma-
dame.

HISTOIRE

De la Sultane Grisemine,

JE suis née en Finlande ; je ne suis ni Reine ni Princesse ; mais je puis assurer Votre Majeté que je suis bien Demoiselle : car j'ai trouvé dans mes papiers une lettre d'un Duc de Laponie à mon grand pere , qui lui mettoit, le très-humble & très-obéïssant ser-

viteur. Oh ! cela ne veut
rien dire , reprit Mifa-
pouf ; car tous ces Ducs
Lapons font de très pe-
tits Ducs. Ce n'eft pas
que je doute de votre
nobleffe, ajouta-t-il. J'en
ai encore une preuve
plus certaine, dit la Sultane, c'eft que le Roi
de Finlande n'auroit pas
voulu fe méfallier ; & fans
mes voyages je l'aurois
époufé. C'eft vraiment
un fort bon Parti que
vous avez manqué-là, dit
le Sultan. Il étoit donc

devenu amoureux de vous ? Non , Seigneur , répondit Grifemine.

Le Trône de Finlande avoit été occupé autrefois par des Princes de la Maifon de Zelande. Les Ducs de Nortingue l'ufurperent ; ce petit accident occafionna de grandes guerres entre ces deux Maifons. Enfin on trouva un expédient pour faire retourner la Couronne à la Maifon de Zelande , fans l'ôter à celle de Nor-

Nortingue. Comment
cela, dit le Sultan ? On
a, répondit la Sultane,
impofé une condition
au Roi, aujourd'hui re-
gnant, qui l'empêchera
d'avoir des enfans. J'en-
tens, dit le Sultan, on
a exigé de lui qu'il ne
fe marieroit point. Non,
Seigneur, dit la Sulta-
ne ; c'eût été une inju-
ftice, on lui a laiffé cette permiffion. Ah ! je
fçai ce que c'eft, reprit
Mifapouf, il faut que je
fois bien fot pour ne l'a-

II. Partie.   E

voir pas deviné. On veut que sa femme soit hors d'âge de lui donner des Successeurs. C'est tout le contraire, répliqua Grisemine; il pourra choisir une femme dans toutes les Princesses du monde & dans toutes les Demoiselles de son Royaume. Mais celle-là seule pourra l'épouser qui lui apportera cette ignorance si précieuse aux yeux d'un Mari. En vérité, dit le Sultan, vos Princes de Zelande

n'ont pas le sens com-
mun ; cette condition là
n'a jamais empêché une
femme d'avoir des en-
fans. Votre Majesté , dit
la Sultane , ne m'a pas
laissé achever ; j'allois a-
voir l'honneur de lui ra-
conter qu'il falloit, pour
épouser le Roi de Fin-
lande, qu'une fille voya-
geât pendant quatre ans,
qu'elle partît à l'âge de
douze ans , étant très-
ignorante & qu'elle re-
vînt à seize tout aussi
peu instruite. Oh ! cela

change la thèse , s'écria
Misapouf , je fais répa-
ration à ces Princes , je
suis bien certain qu'ils
regneront. Le Roi , re-
prit Grisemine , a signé
ce traité à dix-huit ans ,
il en aura ce mois-ci, soi-
xante & dix-neuf , & il
est encore garçon. Vous
jugez bien cependant
qu'il n'y a point de Gen-
tilhomme qui ne se tue
à faire des filles & qui
ne se ruine à les faire
voyager. Mon pere en
fournit un exemple ; j'ai

eu douze sœurs qui se
font dispersées ; leur
tems s'est écoulé sans
qu'aucune soit revenue
en état d'être Reine.
Comment , dit le Sul-
tan , vous êtes la treizié-
me ? Oui , Seigneur , ré-
pondit Grisemine. Al-
lons , répondit Misa-
pouf , parlez-moi avec
franchise. Qu'est-ce qui
vous a épargné les frais
du retour ? Je ne vous
en aimerai pas moins.
Car enfin je ne trouve
pas que cette ignorance

foit quelque chofe de fi merveilleux. Je vais, dit la Sultane, obéïr à Votre toujours Augufte Maje-fté, en lui parlant fans déguifement.

Dès que j'eus douze ans, ma mere me fit partir, après m'avoir appris le fujet & la condition de mon voyage : je me crus déja Reine de Finlande, & la tête me tourna comme à un Maître des Requêtes qui devient Intendant. Ma mere pour me préferver

des enchantemens , me
donna un valet-de-cham-
bre forcier. On croyoit
cette précaution nécef-
faire, & d'ailleurs c'étoit
le bon air. Comment
un valet - de - chambre
forcier , s'écria Mifa-
pouf ! c'étoit pour vous
empêcher d'être Reine
dès la premiere journée.
Non , Seigneur , ré-
pondit Grifemine , car
il étoit de l'efpéce de
l'Eunuque de la Fée Té-
nébreufe. Ah ! ne me
parlez pas de ce vilain-

là , dit le Sultan. Je n'ai
point lieu de me plain-
dre de celui qui m'ac-
compagnoit , répliqua
Grifemine , il s'eſt ſacri-
fié pour moi , ſans me
faire perdre mes droits à
la Couronne. Nous nous
embarquâmes dans un
vaiſſeau marchand , j'eus
le malheur , comme cela
arrive toujours , de plai-
re au Capitaine. Il vou-
loit me le prouver par-
ce qu'il ne ſçavoit pas
me le dire ; mais mon
cher Sorcier Aſſoud me

changea tout-à-coup en
Barbue. Je m'échappai
des mains de mon bru-
tal, & je fautai dans la
Mer. Affoud me fuivit
après s'être transformé
en Merlan. Nous ga-
gnâmes promptement
le rivage ; car quoi que
la barbue foit un bon
poiffon, j'aimai encore
mieux être fille. Nous
reprîmes notre forme
ordinaire. Nous errâ-
mes long-tems dans les
forêts, où je commen-
çois à mourir d'inani-

tion ; car tous les Sor-
ciers n'ont pas le pou-
voir de se faire appor-
ter à manger. J'en suis
étonné , dit le Sultan ,
car on dit toujours d'un
mauvais plat , voilà un
ragoût du diable.

Assoud avoit aussi
bon appetit que moi ;
mais il ne plaignoit que
moi seule. Un jour il me
tint ce discours : Made-
moiselle , je crois que
vous aimez mieux vivre
que mourir. Je n'ai
qu'un moyen de vous

faire faire un bon re-
pas. Quel qu'il ſoit, mon
cher Aſſoud , lui répon-
dis-je , je l'accepterai.
Le voici, reprit-il ; vous
venez d'être barbue , &
je penſe que vous ne ſe-
rez pas plus deshonorée
d'être lapin. Voilà du
ſerpolet qui vous paroî-
troit délicieux. Je ne
parle pas de pluſieurs
autres petites douceurs
qui pouroient vous re-
créer , comme de faire
des lapreaux.... Adieu
la Royauté, dit le Sultan.

Non , Seigneur , répon-
dit la Sultane , ce n'é-
toit qu'en qualité de fille que je devois être Reine. Ainsi en passant dans
le corps d'une lapine
j'aurois pû peupler une
Garenne entiere sans en
être moins digne d'é-
pouser le Roi. J'accep-
tai la proposition d'As-
soud , & par le moyen
de son art , la métamor-
phose réussit. Il y avoit
trois mois qu'elle étoit
faite ; j'avois eu de la
complaisance pour un

lapin , quoique je ne
me fentiſſe aucun goût
pour lui ; mais je crai-
gnois de paſſer pour
une bégueule. Vous ſça-
vez les chagrins que j'ai
reſſentis , puiſque c'eſt
vous qui les avez cau-
ſés. J'étois dans le plus
vif de ma douleur , lorſ-
qu'elle fut augmentée
encore par le ſpectacle
le plus attendriſſant. Je
vis revenir Aſſoud tout
enſanglanté qui ſe traî-
noit vers moi. Je vous
trouve à propos, me dit-

il, d'une voix foible, je
n'ai plus qu'un moment
à vivre ; un Chaſſeur
vient de me reduire dans
cet état, & s'il m'avoit
tué ſur la place vous ſe-
riez toujours demeurée
Lapine ; je n'ai que le
tems de rompre votre
enchantement. Il mar-
mota quelques paroles,
me toucha de ſa patte
& je redevins fille ; c'eſt
depuis ce tems que je
me ſuis fait nommer
Griſemine. Je meurs
content, dit Aſſoud ;

comme je ne pourrai plus veiller à votre sûre-té , je vous conseille de prendre mes habits au lieu des vôtres ; vous pa-roîtrez, il est vrai, un fort joli garçon ; mais vous n'allumerez des passions que dans le cœur des femmes & ce ne seront jamais elles qui vous em-pêcheront d'être Reine. A ces mots, il rendit son dernier soupir. Vous conoissez mon .bon cœur ; ainsi vous pou-vez vous représenter mes regrets. J'allai dans une espéce de grotte où nous avions laissé nos habits ; je pris celui d'Assoud. Je m'avançai vers le rivage , je découvris un bâtiment , je fis signe avec mon mouchoir: une chaloupe fut détachée & me conduisit vers le vaisseau. Le Capitaine me fit beaucoup de politesses & me demanda où je voulois aller. Je lui répondis que je n'avois aucun objet déterminé , ayant quitté

ma Patrie pour voyager.
Si cela eſt, dit-il, vous
ne ſerez pas fâché d'al-
ler avec nous au Palais
des éternuemens. Je
vous avoue, lui répon-
dis-je, que je n'en ai jamais oui parler, on doit
y dire bien ſouvent,
Dieu vous beniſſe. C'eſt
un lieu, reprit-il, ha-
bité par la Fée Tranſpa-
rente. Elle diſtribue une
poudre qu'on prend
comme du tabac, & qui
fait éternuer de l'eſprit.
Vous m'étonnez, m'é-

criai-je. Oui , me ré-
pondit-il , lorſqu'on a
éternué cinq ou ſix fois
on débite auſſi-tôt une
vingtaine d'Epigrames ,
& deux douzaines de
Maximes. Voilà , disje ,
qui eſt admirable : Mon-
ſieurle Capitaine , faites
redoubler de rames , car
je meurs d'envie d'éter-
nuer. Mon enfant , re-
prit-il , tous ceux qui
ſont dans mon bord ont
la même impatience ;
car depuis quelque tems
l'envie d'éternuer eſt

devenue une fureur.
Voyez-vous cette jeune
femme étique, elle a en-
tendu dire que lorſqu'on
étoit maigre , on étoit
obligé en honneur d'a-
voir de l'eſprit , elle a
tout auſſi - tôt entrepris
le voyage. Cette autre
qui devient trop graſſe
eſt perſuadée que l'eſ-
prit la maigrira , elle
veut en avoir pour con-
ſerver ſa beauté plus
que pour y ſuppléer. J'ai
au moins trente Au-
teurs qui ſoupirent a-

près l'éternuement &
qui croyent que l'esprit
les dispensera d'avoir de
l'imagination & du ta-
lent. Enfin, poursuivit
le Capitaine, il n'y a
pas jusqu'à ce vilain Ca-
pucin-là qui ne veuille
éternuer. Ah, ah! dit
Misapouf, vous avez
donc vû un Capucin?
Dites-moi, je vous prie,
comment cela est fait?
Seigneur, répondit Gri-
semine, c'est un espéce
d'animal qui tient le
milieu entre le singe &

l'homme, qui a autant d'orgueil que d'incapacité & qui puë le Moine à faire vomir. Diable, s'écria le Sultan, ce portrait-là n'eſt pas appetiſſant, il n'y a que l'orgueil qui puiſſe en faire la conſolation ; car lors qu'on en a on ſe paſſe de tout : continuez, je vous prie. Seigneur, dit Griſemine, le troiſiéme jour de navigation nous découvrîmes le Palais où nous allions ; il avoit

une si belle apparence ,
que je le pris d'abord
pour la demeure d'un
Roi. Nous descendîmes
du vaisseau avec préci-
pitation. La Fée étoit à
une tribune & jettoit des
petits paquets à ses
Courtisans , qui se les ar-
rachoient & qui éter-
nuoient à toute outran-
ce ; la rage de parler les
saisissoit, ils faisoient des
questions sans qu'on
leur répondît , & sou-
vent des réponses sans
qu'on les questionnât ;

on admiroit pour être admiré ; on critiquoit pour être craint; on plaisoit moins qu'on n'étonnoit. Les Paradoxes éblouiſſoient , les Sophiſmes perſuadoient, la maigre envie ſatiriſoit , l'amour propre bourſoufflé donnoit des louanges trompeuſes , la malignité des mauvais conſeils & le faux diſcernment d'injuſtes approbations : je fus bien-tôt excedée de cette cohue. Je gagnai la porte en

réfléchiffant fur ce que
dans ce Palais on ne
penfoit que par fecouf-
fes , que l'efprit reffem-
bloit à un accès de fiévre,
que tout ce qui s'y pro-
duifoit ne pouvoit for-
mer qu'un affemblage
de lambeaux & jamais un
tout. Je jugeai qu'il falloit attendre l'efprit & fe
donner l'agrément qui
eft toujours aux ordres
de ceux qui le cher-
chent ; qu'on amufe un
moment avec quelques
traits ; mais qu'on plaît
tou-

toujours lorsqu'on est aimable, les bons mots font des hazards , & les agrémens font des titres.

Je suivis la route la plus frayée. Sur le soir je trouvai un jeune homme qui voyageoit ainsi que moi sans suite, & sans équipage : je fus d'abord saisi de quelque crainte , & je remarquai aussi que ma présence lui causoit quelqu'inquiétude. Nous nous rassurâmes ; il me

raconta son Histoire,
qu'il inventa peut-être,
& que je vais vous ré-
péter...... Non, s'il
vous plaît, dit le Sultan,
je m'embarrasse fort
peu de sçavoir ce qui
est arrivé à quelqu'un
que je n'ai jamais vû,
& que je ne suis pas
tenté de voir. Si vous
sçaviez, répondit la Sul-
tane, quel étoit ce gar-
çon-là, vous parleriez
différemment. C'étoit
peut-être un garçon
comme vous, dit Misa-

pouf. Précisément, ré-
pondit Grisemine ; mais
nous fûmes long-tems
dans l'erreur, nous vou-
lions nous faire des a-
vances de politesse dont
nous arrêtions aussi-tôt
l'essor ; nous étions à
tous momens sur le
point de nous prévenir
& nous nous attendions
toujours. La nuit vint &
nous arrivâmes à une
petite maison qui ser-
voit, dit-on, à loger les
passans ; nous y entendî-
mes un grand bruit d'in-

ſtrumens mêlé de chan-
ſons douces. J'entrai
ſans qu'on m'apper-
çût, je parlai ſans qu'on
m'entendît, je vis beau-
coup de monde & fort
peu de chambres. Je
m'attens, dit le Sultan,
que vous aurez été for-
cée de coucher pluſieurs
enſemble & que votre
couronne aura fait nau-
frage dans cette maudi-
te auberge-là. Seigneur,
répondit la Sultane, vous
avez l'eſprit bien péné-
trant.

Dans le tems que je fai-
sois des questions inuti-
les, j'entendis à la porte
un grand bruit d'équipa-
ges & de domestiques,
& je vis une grande
femme, belle comme
la personne qu'on aime.
Cet événement suspen-
dit la joye de la maison.
Celui qui en étoit le
Maître, vint & parla ain-
si.... Sans doute Mada-
me vient pour passer la
nuit ici ; mais je crains
qu'elle ne soit bien mal
couchée ; car j'ai marié

G 3

ma fille aujourd'hui , &
je n'ai que deux cham-
bres ; l'une appartient
de droit aux nouveaux
Epoux ; il ne reſte plus
que l'autre pour Mada-
me ; mais je ne ſçais où
je logerai ces deux Meſ-
ſieurs , dit - il en nous
montrant. Mon Ami ,
dit cette Dame , après
nous avoir conſiderés ,
votre chambre eſt-elle
à deux lits ? Oui , repliqua l'Hôte. Eh bien , ré-
pondit-elle , nous pou-
vons nous accommoder.

J'en occuperai un, &
ces deux jeunes gens
qui se connoissent ne
feront, sans doute, pas
en peine de coucher
dans l'autre. C'étoit-là
précisément ce que nous
craignions, sans oser
nous le communiquer.
Vous aviez grand tort,
dit le Sultan ; car cela
n'étoit pas dangereux.
Je pris la parole, & je
dis à la Dame que nous
n'osions prendre la li-
berté de coucher dans
la même chambre qu'el-

le. Mais elle me répondit , vous avez tort, je ne crains point les hommes & je suis accoutumée à être sage avec eux, sans les éviter. Je ne fais pas cas de ces femmes qui craignent toutes les occasions ; la vertu qui fuit manque souvent de jambes. Comme nous voulions partir le lendemain, nous nous couchâmes de bonne heure , j'eus la précaution, en me mettant au lit, de me tenir abso-

lument sur le bord; mon
compagnon eut la mê-
me prudence : deux per-
sonnes auroient pû aisé-
ment se placer entre
nous. Je fus surprise de
ne sentir aucun trouble,
aucune émotion, en me
sçachant couchée avec
quelqu'un que je croiois
un homme. J'étois seu-
lement atteinte d'un pe-
tit mouvement de cu-
riosité ; mais l'ambition
de devenir Reine y mit
aussi-tôt un frein. Je crus
que le plus sûr moyen

d'y réfifter étoit d'attendre que la jeune Dame fût
endormie, de fortir dou-
cement de mon lit & de
me glifser encore plus
doucement dans le fien.
J'éxécutai ce projet, &
je me levai fans bruit ;
je gagnai le lit de la Dame , elle dormoit , je
me coulai à côté d'elle ,
fans qu'elle parût fe ré-
veiller. Mais ce fommeil
n'étoit qu'une feinte ;
car un quart-d'heure a-
près elle me tint ce dif-
cours. Mon beau gar-

çon , j'ai bonne opinion
de la délicateſſe de vos
ſentimens : car vous n'ê-
tes pas venu à mes côtés
pour me laiſſer dormir,
je ſuis ſenſible à vos deſ-
ſeins, & la reconnoiſſan-
ce éxige que je diſſipe
votre erreur , je ſuis aſſu-
rée que vous ne me tra-
hirez pas. Ce début
m'offença , je lui promis
une diſcrétion à toute
épreuve , & je la priai
de pourſuivre. Eh bien
donc , me dit - elle , je
veux bien vous appren-

dre un petit malheur, en vous confiant que vous vous trompez fi vous comptez à préfent être couché avec une femme ; car je fuis un garçon. Ces paroles me confondirent. Oh ! je l'avois deviné , dit le Sultan. Il eft vrai , Seigneur , pourfuivit Grifemine , que le défordre qui fe paffa alors en moi, me dit que j'étois avec un homme. Mais, dit le Sultan , que ne fortiez-vous du lit? C'étoit mon

projet , repliqua Grise-
mine , mais je voulois
sçavoir son Histoire.
Bonne chienne de cu-
riosité, s'écria Misapouf!
C'est ainsi , reprit la Sultane , qu'il la commen-
ça. Je suis fils de la Fée
aux Bains & du Cheva-
lier au Nez. Réelle-
ment , dit-il , je n'en ai
jamais vû un si grand
que le sien. Cela n'em-
pêcha pas ma mere de
devenir grosse. Voilà
une belle réflexion , dit
le Sultan ; où ce garçon-

là avoit - il pris que le nez d'un homme l'empêche de faire un enfant à sa femme ? Seigneur, répondit la Sultane, il n'avoit pas encore d'expérience. Quel étoit donc son nom, dit le Sultan ? Seigneur, il se nommoit Ziliman. Cela m'est égal, répondit Misapouf, poursuivez votre Histoire. La Sultane continua ainsi : Mon pere, dit Ziliman, étoit fort amoureux de la Fée aux Bains, & re-

gardoit avec indifféren-
ce toutes les beautés
qui venoient se baigner;
mais sa vanité pensa le
perdre , & fut cause de
mes malheurs. Il enten-
dit parler de la Princesse
Ne vous y fiez pas , de
son anneau & de l'en-
chantement qui y étoit
attaché , (je ne vous ré-
péterai point, dit la Sultane , tout ce que vous
m'avez conté avec tant
d'éloquence sur ces an-
neaux.) Persuadé , con-
tinua Ziliman , que per-

sonne n'avoit un si gros petit doigt que lui, sans rien dire à ma mere, il partit pour délivrer cette Princesse. Cela prouve qu'il avoit autant d'humanité que d'amour propre. La Fée imputa son absence à son infidélité, elle accoucha de moi pendant ce tems fatal, elle jura dans la haine qu'elle portoit aux hommes, que je porterois un habillement de fille jusqu'à ce que je fusse marié :

à

à quinze ans , je lui dis
que je voulois voyager.
J'y confens, me répondit-
elle ; mais furtout ne te
marie point , je fais fer-
ment que tu ne garde-
ras ta femme , que lorf-
qu'elle aura été quinze
jours devant mes yeux
tout grands ouverts fans
que je l'apperçoive. Il
alloit continuer lorfque
nous entendîmes le
bruit de la nôce qui
amenoit les nouveaux
mariés dans le lit nuptial.
Cet événement aug-

II. Partie.   H

menta encore mon trouble, j'étois tentée d'aller rejoindre mon compagnon ; mais le lit de Ziliman étoit plus près de celui des jeunes Epoux, & j'avois des idées si confuses sur le mariage, que je n'étois pas fâché de m'en éclaircir un peu, en prêtant attentivement l'oreille à ce qui se passeroit.

Je vous avoue à ma honte, dit Ziliman, que cette cérémonie m'est absolument nouvelle :

vous vous mocquerez
de moi quand je vous
dirai que je suis igno-
rant au point de ne pas
sçavoir la différence qui
est entre ce jeune hom-
me & sa femme. Je puis
vous jurer, lui répon-
dis-je, que je suis tout
aussi peu instruite que
vous. Si cela est, reprit-
il, profitons de cette oc-
casion, gardons un pro-
fond silence. J'ai remar-
qué que les deux lits ne
sont séparés que par une
tapisserie, nous ne per-

drons rien de cette scè-
ne. J'acceptai la propo-
sition de tout mon cœur,
& notre conversation
fut dès - lors interrom-
pue ; car lorsqu'on voya-
ge, on est trop heureux
de s'instruire.

Sans doute on s'at-
tend que ces deux E-
poux d'accord ensem-
ble, se féliciterent d'être
débarrassés du monde
qui les importunoit , &
que leurs sentimens gê-
nés jusqu'à cet instant,
s'échaperent avec transf-

port. Mon imagination
attentive travailloit pour
se repréſenter les effets
de cette intelligence; l'i-
gnorance de Ziliman le
tourmentoit au moins
autant que moi. Nous
entendîmes Thais &
Fatmé ſe mettre au lit.
Thais dit auſſi-tôt , en-
fin nous voilà ſeuls , il
y a long-tems que je dé-
ſire de prouver à ma che-
re Fatmé combien je
l'aime. Apparemment
qu'il jouoit ce qu'il di-
ſoit ; car Fatmé lui ré-

pondit, que veulent di-
re ces manieres-là ? Où
avez-vous appris à vi-
vre ? Thais qui vrai-sem-
blablement étoit un bel
esprit, lui repliqua : belle Fatmé, n'étant occu-
pé que du plaisir de vous
voir, je n'ai appris qu'à
aimer. Eh bien, dit-elle,
tenez - vous - en - là, &
n'apprenez pas à insul-
ter. Ces insultes-là, dit
Thais, sont les poli-
tesses de la bonne com-
pagnie, vous m'en re-
mercierez avant peu. Je

juge qu'il voulut encore
tenter quelque entrepri-
se ; car Fatmé s'écria ,
Thais, si vous continuez
je vais appeller ma me-
re ; Thais , vous êtes un
insolent , je ne suis point
faite à ces façons - là.
Mais en vérité , Fatmé ,
je ne vous conçois pas ,
dit Thais. Pourquoi
vous imaginez - vous
donc que je vous ai
épousée ? Votre résis-
tance marque une igno-
rance qui m'est bien
précieuse : mais vous de-

vez avoir de la confiance en moi. Allons, ma chere Fatmé , rendez-vous à mon ardeur , je vous en conjure. Oh ! non , dit - elle naïvement , ma mere m'a cent fois défendu de me laisser faire ce que vous voulez me faire. Sans doute , belle Fatmé , quand vous étiez fille ; mais tout doit m'être permis , puisque vous avez reçu ma foi en préfence de l'Yman. Je me mocque de l'Yman , reprit

prit Fatmé ; la chofe eft
bonne ou mauvaife en
foi : fi elle eft bonne, on
n'a pas befoin d'un Y-
man pour y être autori-
fée , & fi elle eft mau-
vaife , la permiffion de
l'Yman ne peut pas la
rendre bonne. Thais qui
perdoit trop de tems à
raifonner , prit le parti
d'employer les effets au
lieu de tant de paroles
inutiles. Fatmé pouffoit
des cris que Thais é-
touffoit : toute notre
chambre étoit ébranlée

II. Partie.   I

de la révolte qui se paf-
foit dans l'autre. Je crois,
dit le Sultan, que Zili-
man & vous, étiez en-
core moins tranquilles
que les chambres. Il eft
vrai, répondit la Sulta-
ne, que je ne puis ex-
primer ce qui fe paffoit
en moi. Ma curiofité &
ma crainte étoient éga-
les ; j'entendois des
plaintes qui dégéné-
roient en foupirs. En-
fin, il y en eut un qui fut
fuivi d'un long filence.
Ziliman me dit alors:
Ah ! mon Ami , je ne

conçois pas ce qu'ils peuvent faire ; mais je suis dans un état épouvantable. Je voudrois bien sçavoir si cette scène a produit sur vous les mêmes effets. Il me prit la main, & je fus effrayée. Ah ! bon Dieu, lui dis-je, qu'est-ce que cela ! Ne seroit-ce pas par hazard le nez de Monsieur votre pere ? Apparemment que sa main s'avança aussi ; car il fit un cri de frayeur, & il dit avec surprise :

Oh ! Ciel , comment a-vez-vous donc fait cet homme-là ? Je soupçon-nai alors que le sujet de notre étonnement étoit le point de notre igno-rance ; je voulus l'em-pêcher de faire un éclat , & je lui avouai ingénue-ment que j'étois fille. Sa surprise se changea en transport de joie ; il se jetta dans mes bras , je n'eus pas la force de m'en dérober. Dans ce moment les plaintes & les soupirs de Fatmé recommencerent ; mais je fus bien-tôt forcée d'en faire autant. Fatmé s'imagina que nous voulions la contrefaire, car elle dit ; voilà qui est beau de se mocquer ainsi du pauvre monde. Je voudrois bien, ajouta-t-elle, qu'on vous en fît autant, pour voir ce que vous diriez ! Ziliman & moi, nous ne pûmes nous empêcher de rire, & nous ne laissâmes pas de faire des progrès dans la science. Je lui racontai mon Histoire , & je lui jurai que je renonçois de tout mon cœur à la Couronne de Finlande. Le jour parut. Belle Grisemine , me dit-il, vous sçavez que pour être ma femme , il faut que vous soyez quinze jours devant les yeux de ma mere sans qu'elle vous voye ; sans cela je vous perdrois & j'en mourrois de chagrin. Je ne sçais qu'un moïen, c'est d'aller chez la Fée

Porcelaine, elle eſt ma
Maraine, elle nous pro-
tégera & nous donnera
peut-être un expédient
pour engager ma mere
à ratifier notre bonheur.
Je lui promis de ne le
pas quitter, & nous par-
tîmes après avoir pris
congé de mon com-
pagnon, qui m'avoua
qu'elle étoit fille, & qu'elle étoit dans ſon cours
de voyage pour être
Reine. Je lui déclarai
qu'elle avoit en moi une
Rivale de moins. Elle

en fut très contente , &
nous nous feparâmes en
nous embraffant cordia-
lement ; car les femmes
s'embraffent par coûtu-
me en fe trouvant , &
par plaifir en fe quittant.
Nous arrivâmes en deux
jours chez la Fée Porce-
laine. Ziliman lui con-
fia fon mariage , me pré-
fenta & lui demanda fi
elle avoit vû fa mere de-
puis peu. Elle vint hier ,
répondit la Fée , & me
dit qu'elle vous avoit de-
fendu de vous marier :

mais comme elle s'ima-
gine que vous êtes auſſi
fragile que ma maiſon ,
elle eſt perſuadée que
ſous un habit de fille
vous ne pourrez pas
vous empêcher de vous
découvrir. Mais enfin ,
ma mere eſt-elle tou-
jours dans la même re-
ſolution , dit Ziliman ?
Oui , dit la Fée , elle m'a
informée des conditions
qu'elle avoit juré de
vous faire remplir. Hé-
las ! m'écriai-je , je vois
trop qu'il faudra que je

perde mon cher Zili-
man. Ah ! me répliqua
la Fée , si vous vouliez
vous prêter à mon pro-
jet , nous pourrions la
tromper. Il n'y a rien
que je ne fasse , lui dis-
je , pour être toujours
avec quelqu'un que j'ai-
me autant. Eh bien , re-
prit la Fée , si cela ne
vous repugne point , je
vous donnerai la forme
d'un meuble , dont sans
doute , vous vous ser-
vez souvent. Ah ! dit le
Sultan , voilà cette mé-

tamorphofe que vous m'avez fait attendre fi long-tems. Il eft vrai, Seigneur, que mon a- mour me fit confentir à tout. La Fée voulut me donner, fous cette for- me, toute la grace que peut avoir un pot de chambre. Le lendemain Ziliman me mena chez la Fée aux Bains ; fa me- re fut contente de le re- voir fi-tôt : il lui dit qu'il fe déterminoit à paffer fa vie avec elle, plûtôt que de voyager toujours avec un habillement si honteux pour un homme. La Fée l'écouta avec plaisir, & lui dit qu'elle avoit eu assez bonne opinion de ses sentimens pour espérer de l'embrasser peu de tems après son départ. Elle voulut sçavoir le récit de ses voyages. Il en suprima tous les événemens intéressans. Le soir en soupant elle lui demanda s'il n'avoit pas rapporté quelque curiosité : j'ai, répondit-il naïvement , un meuble de garde-robbe à la mode ; sans doute , vous en a-vez vû ? Non , dit-elle. On m'apporta dans sa chambre ; elle trouva cette derniere inven-tion si fort de son goût , qu'elle me garda ; j'y é-tois depuis quatorze jours , lorsque la Fée Ténébreuse avec son manchon de Votre Ma-jesté , vint faire une visi-te de voisinage à la Fée aux Bains. On parla de moi après les premiers

complimens ; car en
meubles de cette efpé-
ce , une mode nouvelle
eft un événement. La
Fée Ténébreufe fut fi
fort enchantée , qu'elle
me deftina à fon ufage.
Eh bien , dit le Sultan ,
n'eft-il pas vrai que c'eft
une chofe épouvanta-
ble que l'anneau de cet-
te vilaine-là? Ah ! épou-
vantable , Seigneur , re-
prit Grifemine. Un jour
en fe fervant de moi ,
elle me brifa en mille
piéces ; & comme l'en-

chantement étoit rom-
pu par ce malheur , je
parus à ſes yeux ſous ma
forme naturelle. Je la
priai de ne pas me per-
dre ; mais elle étoit fu-
rieuſe, parce qu'elle pré-
tendoit que je l'avois
coupée; elle me condui-
ſit dans l'appartement de
la Fée aux Bains , & lui
conta mon avanture.
Je me jettai à ſes ge-
noux , en lui diſant. Ah!
ma chere belle mere, ne
m'enlevez pas mon E-
poux Ziliman. Ce diſ-

cours la fit entrer dans un courroux violent ; je fus chaſſée , & je ne ſçais ce que je ſerois devenue ſi Votre Clemente Majeſté ne m'eût pas pris ſous ſa puiſſante protection. Madame , dit le Sultan , en faveur de votre ſincérité , je vous pardonne de vous être donnée pour fille , tandis que vous n'étiez rien moins que cela : je m'apperçus bien de quelque choſe la premiere nuit de nos nô-ces ,

ces ; je crus , je vous l'avoue , que c'étoit la faute de mon petit doigt ; mais je vois à préſent que c'étoit celle de ce benet de Ziliman. Quoi qu'il en ſoit, oublions toutes nos infortunes paſſées , & ne ſongeons qu'aux biens préſens. Tâchez de me trouver de meilleurs Cuiſiniers , nos enfans ſont déja grands. Marions nos filles avant de les faire voyager ; nous ſongerons demain à ce que nous devons faire des garçons; il eſt tard aujourd'hui. Allons nous coucher, en attendant que je ſois Capucin.

Fin de la derniere Partie.